Le
du petit géant

P9-BIT-725

Les Animaux
du petit géant

GILLES TIBO

ILLUSTRATIONS :
JEAN BERNÈCHE

QUÉBEC AMÉRIQUE jeunesse

Données de catalogage avant publication (Canada)

Tibo, Gilles
Les Animaux du petit géant
(Mini-Bilbo ; 19)
Pour enfants.
ISBN 2-7644-0233-3
I. Titre. II. Collection.
PS8589.I26A845 2003   jC843'.54   C2003-940277-0
PS9589.I26A845 2003
PZ23.T52An 2003

Le Conseil des Arts | The Canada Council
du Canada | for the Arts

Nous reconnaissons l'aide financière du
gouvernement du Canada par l'entremise du
Programme d'aide au développement de l'industrie
de l'édition (PADIÉ) pour nos activités d'édition.

Gouvernement du Québec – Programme de crédit
d'impôt pour l'édition de livres – Gestion SODEC.

Les Éditions Québec Amérique bénéficient du
programme de subvention globale du Conseil des
Arts du Canada. Elles tiennent également à
remercier la SODEC pour son appui financier.

Québec Amérique
329, rue de la Commune Ouest, 3e étage
Montréal (Québec) H2Y 2E1
Téléphone : (514) 499-3000, télécopieur : (514) 499-3010

Dépôt légal : 1er trimestre 2003
Bibliothèque nationale du Québec
Bibliothèque nationale du Canada

Révision linguistique : Michèle Marineau et Andrée Laprise
Mise en pages : Andréa Joseph [PAGEXPRESS]
Réimpression septembre 2003

*À Colombe qui rouroule,
et à Robert qui ronronne…*

G. T.

*À la famille Maltais-Bédard :
Claire, Alain, Étienne
et leur chat Crémeux
pour sa patience.*

J. B.

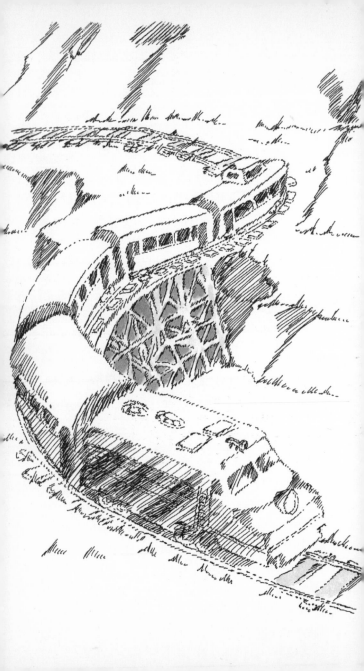

1

Le voyage
en train

Je m'appelle Sylvain,
Sylvain le petit géant.
Aujourd'hui, TCHOU!
TCHOU! TCHOU! je
voyage en train avec
mon père, ma mère et
mon ourson préféré.
Ensemble, nous nous
rendons chez mes
grands-parents, qui
demeurent à la
campagne.

Mes grands-parents
sont des géants qui

rapetissent. Mon grand-père me l'a dit au téléphone :

—Sylvain, au fur et à mesure que tu grandis, eh bien… j'ai l'impression de rapetisser !

Coincé entre mon père et ma mère, je m'endors en pensant à mes chers grands-parents.

Je rêve qu'ils rapetissent tellement qu'ils deviennent minuscules. Ils tiennent debout dans ma main. Je les soulève, puis je leur donne des milliers de

bisous. SMAC ! SMAC !
SMAC ! Ils sont si petits
que le vent les emporte.
J'essaie de courir pour
les rattraper, mais il m'est
impossible de bouger. Je
suis devenu aussi lourd
qu'une locomotive. Mes
articulations grincent
comme des essieux
rouillés. Gniii… Gniii…
Gniii…

J'entends la voix de
mon père chuchoter :

— Sylvain, réveille-toi,
nous sommes arrivés !

Le train s'est arrêté.
J'aperçois mes grands-
parents sur le quai de la
gare. Je me précipite

dans l'allée et je suis le premier à sortir du wagon. Je m'élance dans les bras de mon grand-père, qui me dit :

—Oh ! comme il est grand, ce petit géant !

Puis je saute dans les bras de ma grand-mère. SMAC ! SMAC ! SMAC ! Elle me donne des bisous qui goûtent la confiture aux fraises.

2

Le cheval qui ne fait rien

Tous ensemble, nous quittons la gare et nous montons dans une automobile de géants. C'est grand-maman qui conduit. VROUM! VROUM! VROUM! Nous circulons sur une petite route bordée de champs. Des chevaux broutent, d'autres courent, d'autres ne font rien, comme mon grand-papa.

Je ferme les yeux et je m'endors en rêvant à un cheval qui ne fait rien. C'est un cheval qui regarde passer les nuages, les trains, les automobiles. Je grimpe sur lui. Il refuse d'avancer. Il refuse de reculer. C'est le rêve le plus ridicule de toute ma vie de rêveur.

Soudain, BZZZ! BZZZ! BZZZ! une petite mouche s'approche du cheval. Elle lui pique les fesses. PIC! PIC! PIC!

YAOUTCH! Le cheval se cabre. GNI-HI-I-I-I-I-I! Il me lance dans les airs. En essayant de m'agripper à quelque chose, j'entends mon grand-père crier :

— Sylvain! Cesse de me donner des coups de pied et des coups de poing!

— Excuse-moi, grand-papa... Je rêvais... à... à rien...

3
La vache

Je regarde encore par la fenêtre de l'automobile. Des vaches broutent dans la prairie. Il y en a des noires et blanches, des brunes, des beiges.

J'essaie de ne pas fermer les yeux, mais je ne réussis pas. J'essaie de ne pas m'endormir, mais je ne réussis pas. J'essaie de ne pas rêver aux vaches. YAHOU ! Je réussis ! Je rêve que je deviens une petite fleur qui pousse sous le soleil. Tout va bien dans mon rêve!

Soudain, une ombre glisse au-dessus de moi. MEUH! MEUH! Une vache géante s'approche! Impossible de me sauver! Mes racines de petite fleur m'empêchent de courir! La vache m'avale d'une seule bouchée! AU SECOURS! À MOI! À L'AIDE! Je m'éveille en sursaut.

—Tout va bien, me dit maman. Regarde, nous sommes arrivés!

4

Le chaton

Pendant toute la journée, je joue avec les poules, les chèvres, les lapins de mes grands-parents... Le soir venu, je suis tellement épuisé que j'ai de la difficulté à me tenir debout. Mes parents, eux aussi très fatigués, me souhaitent bonne nuit et se couchent dans une toute petite chambre.

Grand-maman me confectionne un lit sur le canapé du salon. Elle me berce en me racontant des histoires remplies d'animaux en chocolat et en caramel mou. Puis elle me borde en murmurant :

— Bonne nuit, mon petit chaton...

Je m'endors sur le canapé en rêvant que je deviens un chaton couvert de chocolat. En miaulant, je grimpe au grenier et je vais chasser des souris au caramel. Je cours, je cours... Soudain, j'attrape une souris par les oreilles. Je ne peux pas la soulever. Elle est trop lourde. J'entends

mon père crier :

— Non ! Sylvain ! Ce n'est pas vrai ! Pourquoi me chatouilles-tu les oreilles ?

5

Le lapin

En bougonnant, mon père me ramène sur le canapé du salon :

— Bonne nuit. Dors bien, mon lapin…

Je m'endors en rêvant que mes oreilles s'étirent, que mes dents s'allongent, que mes jambes grossissent et que mes bras rapetissent. Je suis devenu un lapin. Je saute de mon lit. En bondissant, je vais jusqu'à la cuisine, qui est

devenue un immense
champ rempli de belles
grosses carottes. Il y en
a de toutes les grosseurs
et de toutes les
couleurs. MIAM...
MIAM... MIAM...
CROC... CROC...
CROC...

Soudain, j'entends
ma mère demander :

—Sylvain ! Que fais-tu
dans la cuisine à deux
heures du
matin ?

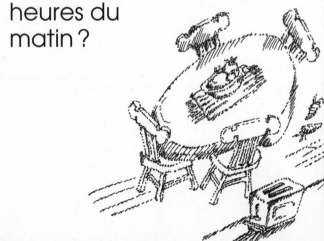

6

La puce

Ma mère me prend dans ses bras et me ramène sur le canapé. Elle me couche, me borde et m'embrasse en murmurant :

—Je ne veux plus que tu te lèves... Bonne nuit, ma puce...

J'essaie de résister le plus longtemps possible, mais je finis par m'endormir en rêvant que je deviens une puce. Je saute par la fenêtre et

j'atterris
directement sur
un chien qui fait le tour
du monde. Je rends visite
à mes grands-parents de
Londres, de New York et
de Tokyo. Puis je visite les
autres membres de ma
famille. Ensemble, nous
sautons d'un continent à
l'autre. Nous envahissons
les maisons, les gratte-
ciel, les huttes. Partout,
partout, partout, des
hommes, des femmes,

des enfants se réveillent
en se grattant la tête, les
bras, les jambes... *Grattt...
grattt...* et *grattt... grattt...*
et *grattt... grattt...* On
rouspète et on se gratte
dans toutes les langues.
J'entends mon grand-
père crier en français:

—Sylvain! Arrête,
arrête de me piquer le
crâne avec tes doigts!

7

Le canari

Tout endormi, mon grand-père vient me reconduire sur le canapé du salon. Il me borde et me caresse les cheveux en disant :

—Dors bien, mon petit canard...

J'essaie, encore une fois, de résister le plus longtemps possible, mais je m'endors en rêvant qu'il me pousse un bec, des ailes et des pattes palmés. J'ouvre

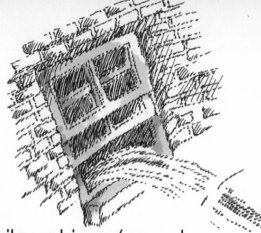

les ailes et je m'envole
dans le salon. Je me
pose sur un bureau, sur
une tablette, puis sur le
dessus d'une porte.
Ensuite, je prends mon
élan et je m'envole par
la fenêtre ouverte. Je
vole par-dessus des
lacs, des rivières et des
montagnes. Soudain,
deux grosses montagnes
se soulèvent et se
mettent à crier, en

empruntant la voix de mes parents :

—Non, ce n'est pas vrai ! Ce n'est pas vrai ! Sylvain, pourquoi nous réveilles-tu en répétant COIN... COIN... COIN ?

8

Les moutons

Ma mère me dépose sur le canapé du salon. Elle se penche au-dessus de moi et dit en serrant les dents :

—Là, j'en ai assez ! Si tu ne réussis pas à t'endormir, tu n'as qu'à compter des moutons.

En bâillant, je demande :

—Quels moutons ? Je ne connais pas de moutons, moi !

Elle me répond :

— Tu as assez d'imagination ! Inventes-en…

Comme je suis très obéissant, j'invente des moutons rayés, des moutons à pois, des moutons zébrés. Et aussi des moutons avec des chandails de laine, des bottes de laine. Soudain, au loin, un chien aboie.

Je quitte mon rêve, je me réveille en sursaut, mais je reste dans mon lit. Là, je l'avoue, je suis très fier de moi. C'est la première fois de ma vie que je fais un cauchemar et que je ne réveille pas mes parents. Je me lève d'un bond pour annoncer la bonne nouvelle à toute la famille…

Je fais quelques pas vers la chambre de mes grands-parents, puis je change d'idée et je vais me recoucher. Je suis vraiment formidable ! ! !

9

Le chien

Comme un grand garçon, je m'endors en écoutant le chien qui aboie. Je rêve à toutes sortes de chiens, des gros, des petits, des beaux, des laids. Puis je rêve à un chien qui possède un énorme museau. Un chien, snif… snif… snif… qui peut retrouver la piste de n'importe qui. Et là, curieusement, en pleine nuit, il réussit à trouver la piste de mon père, qui s'écrie :

— SYLVAIN ! J'EN AI ASSEZ ! J'EN AI ASSEZ ! J'EN AI ASSEZ ! Pourquoi viens-tu aboyer, comme ça, dans mes oreilles ? ? ?

10
Le coco

Complètement découragé, mon père me ramène sur le canapé du salon. Puis il s'éloigne en balbutiant :

—Bonne nuit, mon coco…

Je ferme les yeux en essayant de ne pas rêver que je suis un coco de poule ou un coco de tortue, un coco de grand-maman, un coco de grand-papa…

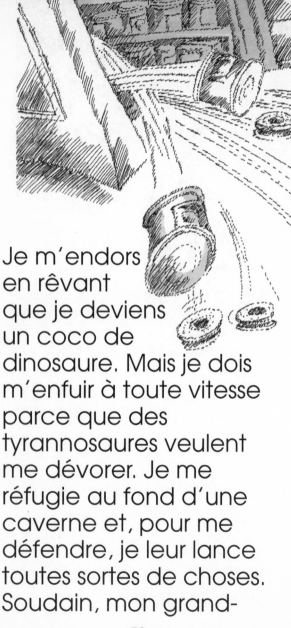

Je m'endors
en rêvant
que je deviens
un coco de
dinosaure. Mais je dois
m'enfuir à toute vitesse
parce que des
tyrannosaures veulent
me dévorer. Je me
réfugie au fond d'une
caverne et, pour me
défendre, je leur lance
toutes sortes de choses.
Soudain, mon grand-

père demande :

— Sylvain, que fais-tu dans la cuisine ? Pourquoi as-tu ouvert la porte du garde-manger ? Pourquoi lances-tu des boîtes de soupe et des biscuits jusqu'au fond du salon ?

11

Tout

Mon grand-père me reconduit encore une fois jusqu'au canapé du salon. Il me dit en bâillant :

—Bonne nuit...

—Bonne nuit, c'est tout ?

—Oui, c'est tout...

Incapable de m'endormir, j'essaie de compter les livres de la grande bibliothèque du salon. Un livre... deux livres... trois livres...

Finalement, je m'endors en rêvant à tous les animaux enfermés dans les dictionnaires et les encyclopédies.

Alors, je fais le plus terrible cauchemar de toute ma vie. Je rêve que tous les animaux prisonniers des livres veulent en sortir pour me dévorer. J'entends les tigres rugir, les loups hurler, les dinosaures grincer des dents.

Je me réveille en sursaut. Sans déranger, ma famille, je vais chercher une corde pour attacher toutes les bêtes féroces enfermées dans les livres. Soudain, mon sang se glace dans mes veines. Mes cheveux se dressent sur ma tête. J'entends mon père rugir comme un vrai lion :

—SYLVAIN! VAS TE COUCHER!!!

12
Rien

En vitesse, je saute sur le canapé, je me glisse entre les draps, je me cache sous les couvertures et je m'endors en rêvant à rien… de rien… de rien…

Pendant mon rêve de rien, je deviens aussi transparent que du verre. Je me regarde dans un miroir et je ne me vois pas. Je quitte la maison de mes grands-parents et je vais jouer près du ruisseau. Des

poissons cristallins
sautent dans le ciel,
tournent autour de la
lune et replongent dans
l'eau. C'est le plus beau

rêve de toute ma vie
de rêveur. Et, en plus, je
ne réveille personne !
Comme je suis fier de
moi !

13
Tous ensemble

À la fin de mon rêve transparent, tous les poissons se sauvent au fond de l'eau. J'entends mes parents m'appeler :

—SYLVAIN ! SYLVAIN ! OÙ ES-TU ? ? ?

J'entends mes grands-parents crier :

—SYLVAIN ! SYLVAIN ! OÙ ES-TU ? ? ?

J'ouvre les paupières et… je n'en crois pas mes yeux. Je suis couché derrière le grand aquarium de verre, à l'autre bout du salon.

Pour faire une blague, je lance d'une voix grave :

— Allô… allô… Ici le petit géant ! Il est inutile de me chercher. Vous ne me trouverez jamais, car… je… suis… devenu… encore… plus… transparent… que… la… vitre… de… l'aquarium…

J'espère que mes grands-parents me trouveront les premiers. Comme ça, je pourrai les récompenser… en leur donnant des milliers de bisous !